*Lynette Cha*

# Ohlala Camille !!

Atlantic Editions

Atlantic Editions
contact.AtlanticEditions@gmail.com
Niort, France

ISBN 978-1519745354

Cher Père Noël,

Cette année, je voudrais un compte en banque bien dodu* et une ligne plus svelte.

S'il te plaît, ne confonds** pas les deux comme l'année dernière.

Merci.


Camille


* plump
** get [sth] mixed up

# Contents

*Camille déteste le métro*

Camille aimait la mer. Toute la mer. Avec ses *vagues qui déferlent* et hypnotisent, son air iodé qui fouette le visage et vide la tête, ses plages chaque jour différentes en fonction des marées, ses coquillages qu'elle collectionnait comme des trésors d'enfance. Avec son sable qui colle de la tête aux pieds, son sel qui tire la peau après la baignade et les *algues qui crissent* sous les pieds à *marée* basse. Toute la mer.

Camille aurait aimé aller faire une balade au bord de l'eau, pieds nus, sous les premiers rayons du soleil. Et se baigner, quelle que soit la saison. Enfin pas un jour de neige tout de même. Camille était *frileuse* ...

*les vagues qui déferlent*  →  *pounding waves*
*les algues qui crissent*  →  *crunching algae*
*la marée*  →  *tide*
*frileuse*  →  *sensitive to the cold*

Mais là elle n'avait vraiment pas froid. Elle sentait même des *gouttes de sueur dégouliner* le long de son dos, sous ses trois *couches de vêtements* d'hiver, sensation d'inconfort maximal.

Elle aurait voulu tout enlever, le *sous-pull* bien près du corps qu'elle avait hésité à *enfiler* ce matin, le pull 100% acrylique 100% hermétique 'mais si *seyant* avec son col châle' lui avait dit la vendeuse, la *doudoune* longue qui couvrait bien les fesses (*pas sexy pour deux sous* mais confortable, ça c'est elle qui le dit), se retrouver en *débardeur*, s'aérer !

*des gouttes de sueur* → *sweat drops*

*dégouliner* → *to drip*

*les couches de vêtements* → *layers of clothing*

*un sous-pull* → *polo-neck jumper*

*enfiler* → *to slip sth on*

*seyant* → *becoming*

*un col châle* → *shawl collar*

*une doudoune* → *padded jacket*

*pas sexy pour deux sous* → *not sexy at all*

*un débardeur* → *tank top*

Mais non, impossible. Elle était écrasée dans la foule compacte du métro parisien, 8h42 ligne 8, 37 degrés température ambiante, jusqu'au bout, il fallait tenir, jusqu'à la dernière station. Comme chaque jour, Camille prenait sa dose de douce odeur des couloirs souterrains Parisiens, pour se rendre au travail, avenue de la Motte-Piquet.

A la station Concorde une dame qui se trouvait à sa gauche se leva de son siège. Camille se colla à elle *telle une moule à son bouchot,* et glissa ainsi jusque devant le siège lorsque celui-ci se libéra enfin. Ça *se gagnait à la sueur de son front* un siège dans le métro aux heures de pointe. Trois stations parcourues assise, avec plus de 30cm3 d'espace vital, voilà une journée qui commençait magnifiquement. Le métro arriva enfin à la station Ecole Militaire, *ouf* la délivrance!

*telle une moule à son bouchot* → *like a mussel stuck on its shellfish bed* (the bouchot mussels grow on ropes strung from wooden poles in the sea)
*gagné à la sueur de son front* → *hard-earned*
*Ouf !* → *Phew !*

Elle descendit emportée par le *flot de voyageurs*, pas question de tourner à gauche si tout le monde se dirigeait à droite, il fallait suivre le courant tel une *sardine dans son banc*.

— *Zut*, mon *portable* ! s'écria soudainement Camille. Mais quelle *gourde*, je l'ai laissé dans le métro! réalisa-t'elle.

Alors qu'elle était assise, elle avait posé son portable sur ses genoux le temps de remettre ses gants. « Il a dû glisser par terre », pensa-t'elle.

Pour une fois qu'elle obtenait une place assise, et voilà, 30 secondes de *relâchement* qu'elle payait bien cher. Camille *était sur les nerfs*, furieuse contre elle même.

*le flot de voyageurs* → *passenger stream*

*une sardine dans son banc* → *a sardine in its shoal*

*Zut !* → *Damn !*

*portable* → *mobile*

*Quelle gourde !* → *What a clot!*

*relâchement* → *slackening*

*être sur les nerfs* → *to be on edge*

« Il y a toute ma vie dans mon portable, et je ne l'ai même pas protégé par un code, mais quelle *cruche* je suis ! »

En *fulminant* intérieurement, Camille continua son trajet jusqu'au travail.

Une fois passé la porte du bureau et s'être débarrassée des politesses du matin, elle n'avait qu'une idée en tête, téléphoner à son propre numéro de portable, en espérant que la personne qui l'avait récupéré lui réponde.

Sûrement un jeune, trop content de *l'aubaine* du jour, un portable *gratos*.

« Il a déjà dû avoir le temps de consulter mon carnet de contacts et d'envoyer des messages *débiles* à tous les gens que j'y ai enregistrés. Ohlala *les boules*, je vais me faire haïr par tout le monde ! » se lamenta Camille.

*une cruche*  →  *idiot*

*fulminer*  →  *to rail against sthg*

*une aubaine*  →  *chance of a lifetime*

*gratos*  →  *(short word for gratuit) free*

*débile*  →  *daft*

*Les boules !*  →  *I'm pissed off!*

15

« Si ça se trouve c'est pour ça que Catherine de la *compta* m'a regardée de travers lorsque je suis arrivée. »

Catherine de la compta c'était *the* contact utile à la boite. Elle travaillait ici depuis treize ans, elle connaissait tout le monde dans tous les services. Elle était froide et peu aimable, elle s'habillait comme une *nonne*, elle était moche (la pauvre), portait *un carré* avec une *barrette* de chaque côté (ce qui n'arrangeait rien) mais elle était *incontournable* si on voulait gagner du temps pour trouver un contact.

Mais tout bien réfléchi, Catherine de la compta la regardait toujours de travers de toute façon.

« Et puis mon portable est trop vieux pour plaire aux *d'jeuns*, » se dit Camille, « ils sont adeptes des dernières technos, pour *crâner* auprès des copains. »

*la compta* → *accounting*

*the* → *English term used to emphasize sthg*

*un carré* → *bobbed hair*

*une barrette* → *hair slide/hair clip*

*incontournable* → *key player*

*d'jeuns* → *teenagers*

*crâner* → *to show off*

A 9h56 Camille prit un dossier sous le bras, se leva de son bureau genre "j'ai une réunion super importante à 10h", et *s'éclipsa* vers une petite salle au bout du couloir. Tranquille pour faire ses affaires, elle souffla un grand coup et décrocha le combiné du téléphone qui trônait sur la table ronde.

Combien devrait-elle proposer au type qu'elle aurait au bout du fil pour espérer récupérer son portable? Si elle proposait une trop grosse somme il allait se dire qu'elle *roulait sur l'or* et allait lui en demander encore plus. Elle qui avait son compte bancaire *à découvert* un mois sur trois ... elle n'allait quand même pas se ruiner pour un *pauvre type*. Mais si elle ne proposait pas assez, il allait lui raccrocher au nez et adieu le portable avec son *grigri à paillettes* acheté au

*s'éclipser* → *to slip away*
*rouler sur l'or* → *roll in money*
*à découvert* → *in the red*
*un pauvre type* → *loser*
*un grigri à paillettes* → *lucky charm with glitters*

marché, adieu le carnet de contacts (elle savait pourtant qu'il fallait tout dupliquer dans un carnet papier, mais elle procrastinait). Adieu aussi les photos (certes la moitié était *floue* mais c'était ses photos quand même), adieu son historique de SMS (bon ok, ça c'était secondaire ... ).

Elle composa donc son propre numéro. Les sonneries retentirent dans le combiné. Elle avait *le ventre qui se nouait*. Ca décrochait enfin, un brouhaha se fit entendre puis une voix.

— Allo?

Camille *bafouilla*.

— Heu en fait... heu bonjour, c'est à dire que je suis celle qui a ce portable, enfin ce n'est pas moi qui l'ai là puisque c'est vous, mais je veux dire que je suis la propriétaire du portable que vous tenez là, et heu...

— Ha oui bonjour, répondit une voix masculine.

*avoir le ventre noué  →  to have a knot in one's stomach*

*bafouiller  →  to stammer*

« Ce n'est pas possible d'être aussi mal à l'aise au téléphone, il doit me prendre pour une gourde maintenant », pensa-t'elle alors qu'une goutte de sueur coulait sur son front.

— J'ai en effet récupéré ce portable par terre dans une *rame de métro* ligne 8 ce matin. C'est donc à vous qu'il appartient? continua la voix masculine, douce et posée.

- Oui c'est à moi, j'ai dû le laisser tomber..., répondit-elle.

— Vous repassez par la ligne 8 tous les matins? On pourrait se donner rendez-vous sur un quai de la ligne pour que je puisse vous le rendre.

« Il n'a pas demandé de *rançon* !!, pensa Camille, je suis tombée sur la perle rare, l'unique gentleman voleur du métro parisien ! »

*une rame de métro* → *subway train*
*une rançon* → *ransom*

19

— Ha oui très bien, je fais Bastille-Ecole Militaire tous les matins, il y a une station qui vous conviendrait sur ce trajet?

— Moi je prends la ligne à Opéra. On peut se retrouver sur le quai de cette station, vers.. disons 8h45, ça vous irait?

En ces quelques phrases, Camille tomba sous le charme de l'inconnu, il avait l'air si doux et en même temps si sûr de lui.

— Oui formidable, c'est parfait, 8h45 Opéra.

— Je serai en tête du quai, juste en bas de l'escalier. Pour me reconnaître je suis grand, brun, en costume bleu marine ou noir - je ne sais pas celui que je mettrai demain – et j'ai toujours mon journal dans la main.

Camille dessina le portrait de son interlocuteur dans sa tête. Un bel homme, à la voix rassurante, elle se voyait bien *papoter* encore.


*papoter* $\rightarrow$ *to chat*

— D'accord c'est noté, j'y serai avec plaisir, répondit Camille. Moi je suis brune aux cheveux longs, enfin mi-longs, je suis de taille moyenne, svelte ( Oh la menteuse! ), je porterai un *caban* ( Faut que je remette la main dessus, ça fera plus classe que mon blouson gris.), et j'ai un sac à main en cuir... brun (Enfin je crois, c'est celui de ma copine Nathalie, il est super élégant, faut que j'aille lui emprunter ce soir, en la suppliant.). Bon alors rendez-vous demain à 8h45?, continua-t'elle avec une voix un peu trop enthousiaste à son goût.

— *Ça marche*, bonne journée et à demain!, conclût la voix masculine.

Camille reposa le combiné. Elle était *rouge comme une pivoine*.

Un grand brun, c'est exactement ce qu'elle recherchait sur les sites web de rencontres.

*caban* → *reefer jacket*
*Ça marche !* → *You've got a deal!*
*rouge comme une pivoine* → *red as a beetroot*

« S'il a dit grand c'est qu'il est svelte, il doit être athlétique même. » songea Camille.

« Il porte un costume sombre, il doit travailler dans une banque, conseiller en patrimoine. Ou en placements risqués auprès des grandes entreprises. »

« Il doit avoir un poste à responsabilités et être autonome pour gérer son *portefeuille* de grands clients. Parce que prendre le métro à 8h45 ce n'est pas pour ceux qui travaillent à l'usine. C'est pour les gens qui sont cadres supérieurs. Bon d'accord, moi j'y suis à 8h45 aussi, et je suis une employée *gratte-papiers* sans espoir de promotion d'aucune sorte, mais j'ai juste un petit manque de motivation pour arriver à 8h comme mes collègues ... »

Soudain, la porte de la salle de réunion s'ouvrit, Camille sursauta.

*un portefeuille de clients*  → *customers portfolio*
*un gratte-papiers*  → *pen-pusher / pencil pusher*

Un collègue passa la tête par *l'entrebâillement de la porte* et demanda :

— Elle est bientôt libre cette salle? J'ai une réunion à 10h30.

*Frénétiquement*, Camille saisit son stylo d'une main et de l'autre fit semblant de consulter des feuilles du dossier qu'elle avait emmené.

— Heu oui, je crois que j'ai complété toutes mes notes, je vous laisse la salle.

Le collègue rentra s'installer, Camille sortit rapidement en esquissant *un sourire coincé*, et retourna à son bureau, la tête encore *embrumée* dans un cocon de rêveries romanesques.


*l'entrebâillement de la porte* → *the half-open doorway*
*frénétiquement* → *frantically*
*un sourire coincé* → *uptight smile*
*embrumé* → *befuddled*

Elle reprit ses réflexions.

« Un grand brun avec un journal, ce n'est pas sur les sites web de rencontres que l'on tombe sur des hommes qui lisent le journal. S'ils savent lire c'est déjà bien, mais lire un journal, *Le Monde, Libé...* *Le Figaro* sûrement, il doit y lire les pages sur les tendances des marchés boursiers. Quand même, quelle chance j'ai eu de perdre ce portable ! Je suis enfin *touchée par la grâce*, un bel homme, célibataire et riche, ohlala quand les copines vont savoir ça !! »

*Le Monde, Libé (Libération), Le Figaro* → *French newspapers*
*touché par la grâce* → *touched by grace*

Bon, soyons honnêtes, il était vrai qu'elle extrapolait un peu à propos du célibat de cet homme ; mais qui d'autre qu'un célibataire se préoccuperait de retrouver le propriétaire d'un portable perdu ?

Un homme marié c'est soucieux, il pense à l'organisation de la journée pendant tout le trajet en métro, faire les photocopies que lui a demandées sa femme, acheter deux baguettes en sortant du travail, car c'est la meilleure boulangerie du quartier. Et puis, il a mal dormi à cause de ses enfants, le petit dernier qui a vomi dans la nuit, il a fallu changer les draps à 4h13 du matin, la grande qui a fait un cauchemar à 4h47, pile quand il se rendormait profondément. Alors être disponible pour observer autour de soi dans un métro bondé et trouver le temps de retrouver la personne à qui appartient un portable, très peu pour lui, il a d'autres préoccupations l'homme marié!

Seul un célibataire cherchant *l'âme sœur* pouvait avoir autant d'attentions. Et puis  il lui avait donné toutes ces informations sur son trajet quotidien, son apparence.

« Il veut me voir dès le lendemain, forcément, il est impatient de me rencontrer. Peut-être même déjà accro rien qu'en entendant ma voix. Ohlala quand même, quelle journée incroyable ! »

*l'âme sœur*  →  *soul mate*

Camille passa une journée exquise au travail.

A 11h elle offrit un café à chacun des six collègues de son service, elle rit aux blagues sexistes de son chef au déjeuner, elle fit son travail avec enthousiasme.

Elle se sentait valorisée par les centaines de notes de services inutiles qu'elle dépilait de sa boite mail et qu'elle rangeait *avec zèle* dans des petits dossiers classés par date, elle sourit *béatement* toute la journée, ses collègues étaient tous si formidables, surtout Catherine de la compta qui était ravissante avec ses barrettes dans les cheveux, finalement elle avait bien raison, c'était très féminin.

En sortant du travail, Camille fila au club de gym qui se trouvait métro République. Elle n'avait pas sorti son sac de sport de son armoire de bureau depuis quinze mois. La dernière fois qu'elle avait chaussé ses baskets c'était quand sa copine Nathalie lui avait annoncé qu'elle se mariait dans trois mois, l'angoisse, vite *retrouver une ligne* sculpturale pour porter une robe glamour à la table des célibataires !

*avec zèle* → *zealously*

*béatement* → *blissfully*

*retrouver la ligne* → *lose weight*

Quinze mois dans un sac, forcément le T-shirt était un rien *froissé*, et les baskets *sentaient le renfermé...* Peu importait, Camille avait une pêche d'enfer, elle allait faire chauffer le vélo elliptique jusqu'au cours *d'abdo-fessiers* de 18h15 puis enchaîner avec le cours de zumba de 19h, pour finir avec l'aquagym de 20h.

A 20h15, elle sortit du club de gym.

Bon, en fait elle n'avait pas eu le temps de faire du vélo elliptique, car la personne de l'accueil l'avait accaparée pour lui faire l'article sur les abonnements aux séances de Cellu-Reductor, "un appareil haut de gamme pour faire fondre la cellulite" lui avait-elle vanté. Camille avait aimablement décliné en lui disant que de toute façon elle reprenait les cours de façon quotidienne et intense et que dans cinq mois elle aurait des jambes autant *fuselées* que la prof de step et que plus un *bourrelet* ne ferait de vague à ses T-shirts les plus *moulants*.

*froissé* → *creasy*
*sentir le renfermé* → *smell stuffy*
*abdo-fessiers* → *abs and buttocks*
*fuselé* → *streamlined*
*un bourrelet* → *roll*
*moulant* → *skin-tight*

27

A 18h15 le cours de zumba était très chargé, façon quai de métro aux heures de pointe. Une quantité de *gazelles* âgées de vingt-cinq ans tout au plus, en mini short moulant et super mini *débardeur fluo* ont débarqué dans la salle et envahi l'espace pour suivre la chorégraphie au millimètre, on se serait cru dans un remake de Fame.

Camille s'était mise au fond, et *soyons francs*, a un peu *galéré* pour suivre ne serait-ce qu'un tiers des mouvements. Pas grave, elle ferait mieux la prochaine fois. De toute façon comme elle allait désormais y aller tous les jours, elle allait vite acquérir le *déhanché* sensuel, les gazelles n'auront qu'à aller se rhabiller.

*une gazelle* → *young and slim sexy lady*

*un débardeur fluo* → *fluorescent sleeveless tee-shirt*

*soyons francs* → *let's be straight*

*galérer* → *to struggle*

*se déhancher* → *to sway one's hips*

A 19h55, Camille fouilla son sac de gym frénétiquement à la recherche de son maillot de bain, et en sortit une chose *difforme* et collante - l'élasthanne du maillot en question avait mal vieilli, misère. Cela n'entama en rien son enthousiasme, de toute façon elle irait samedi s'en acheter un nouveau aux *Galeries*, vu l'usage intense qu'elle allait en faire, c'était un bon investissement.

En arrivant à son immeuble, Camille fit un saut à l'appartement de Nathalie au troisième étage, pour négocier le prêt de son superbe sac en cuir Gucci que son chéri lui avait offert pour leurs *fiançailles*.

« Ca a dû lui coûter un mois de salaire, » pensa-t'elle, « qu'est-ce qu'on ne ferait pas par amour. »

*difforme* → *deformed*
*Galeries* → *refers to the big and famous French shop*
*"Les Galeries Lafayettes"*
*fiançailles* → *engagement*

Camille lui a donc tout raconté, son portable, cet homme si attentionné, le rendez-vous. Nathalie était *suspendue à ses lèvres*, la naissance d'une histoire d'amour la faisait toujours *frissonner*. Nathalie lui passa le sac, en lui demandant d'en prendre grand soin car elle y tenait plus que tout.

— Je suis heureuse de participer à ce moment si magique dans ton histoire, lui dit Nathalie avec émotion, et en échange je voudrais être l'unique organisatrice de ton *enterrement de vie de jeune fille* et être assise à la table des mariés.

*suspendu à ses lèvres hung upon her every word*
*frissonner → shiver*
*un enterrement de vie de jeune fille → bachelorette party*

Il était possible que Camille ait un peu forcé certains aspects de l'histoire et transformé le coup de fil de deux minutes et dix-sept secondes en une conversation passionnée de plus d'une heure, mais pour avoir un sac Gucci, tout était permis.

Arrivée chez elle, Camille s'engagea dans une formidable séance d'essayage de toute sa garde-robe. Elle déterra des vêtements dont elle ne se rappelait même plus, la quasi-totalité était une taille trop petite... Son jean noir ça irait bien, celui qui avait des poches arrières étroites - il lui faisait des petites fesses, en tout cas c'était ce que la vendeuse lui avait dit. Avec le chemisier en *mousseline* à fleurs vert et rose, ce serait parfait. Pas de pull en acrylique, de *polaire* sans forme, de gilet qui boudine, il fallait que son *décolleté* fleuri soit visible.

« C'est sûr je vais bien me geler, mais c'est le prix à payer pour être sexy », elle en était convaincue.

Son caban, elle le retrouva au pied de l'armoire, bien *empoussiéré*, elle mit presque vingt minutes à le brosser pour qu'il soit présentable.

de la mousseline  →  muslin
une polaire  →  a fleece
décolleté  →  low neckline
empoussiéré  →  dusty

Avec tout ça, Camille se coucha à une heure du matin passé. Elle ne dormit pas de la nuit, trop excitée par tout ce *chamboulement*. Elle se repassa la journée dans sa tête, y ajouta quelques scènes, et s'imaginait déjà la suite, une vraie romance. Sa dernière nuit de célibataire, c'était quelque chose !

Le lendemain matin, réveil 6h, il fallait bien ça pour se faire belle.

« Ohlala la tête ! » s'exclama Camille en se regardant dans le miroir de la salle de bain.

Les *yeux bouffis*, les traits tirés, ce n'était pas son plus beau visage. Forcément, avec la nuit qu'elle avait passée, le manque de sommeil laissait des traces.

« Pas de panique, j'ai tout le temps devant moi pour *réparer les dégâts* » se dit-elle.

*un chamboulement  → upheaval*
*les yeux bouffis  →  puffy eyes*
*réparer les dégâts  →  repair the damage*

Une douche bien chaude pour se réveiller, un *gommage* du corps au loofah avec gel douche aux huiles essentielles, un shampoing spécial cheveux *ternes*, un masque spécial peau mature, un après-shampoing spécial cheveux fins, rinçage à l'eau tiède pour raffermir la peau, petit jet d'eau froide sur le décolleté pour un finish tonique.

Crème *antiride* sous les yeux, crème de jour teintée, elle attaqua le brushing – qu'elle ne faisait jamais hormis les très grandes occasions, et là ça en était une, définitivement.

Manque de pratique oblige, l'épisode fût laborieux : elle *s'emmêla* les cheveux dans la brosse, se brûla le crâne à trois reprises, *rata* les pointes qu'elle voulait recourber vers l'extérieur, la *mèche* de devant resta rebelle malgré les mouillages pour tenter une reprise.

un *gommage* → *scrub*
*terne* → *dull*
*antiride* → *anti-wrinkle*
*emmêler* → *tangle*
une *mèche* → *lock*

33

Résultat : une crampe au bras droit et un élastique noir pour faire une *queue de cheval* et *sauver les apparences.*

7h24 habillage.

« Zut je n'ai pas préparé les shoes hier soir ! »

Ses *ballerines* en cuir étaient sales, il avait plu toute la semaine dernière.

« *Allez zou,* le premier torchon qui vient, un peu d'eau et de toute façon vu mon décolleté ce n'est pas les chaussures qu'il regardera. »

7h58 alerte rouge !

Camille n'était pas maquillée. Elle fourra rouges à lèvre, crèmes, mascaras, poudres, *vernis* et parfum dans son sac à main – enfin *the* sac à main Gucci – elle verrait ça dans le métro, elle aurait neuf stations pour se préparer avant de retrouver l'homme à la voix charmeuse. Il fallait partir, elle enfila le caban et sortit d'un pas décidé.

*une queue de cheval* → *ponytail*

*sauver les apparences* → *keep up appearances*

*des ballerines* → *ballet shoes*

*Allez zou !* → *Let's go !*

*du vernis* → *nail polish*

34

Arrivée dehors, le choc thermique : six degrés et un chemisier en mousseline, ça n'était pas la meilleure combinaison. Camille serra les dents.

« Allez, c'est pour la bonne cause, et puis je me réchaufferai dans le métro. » Ha oui, ça c'est sûr, Camille s'est réchauffée dans le métro. La crème teintée se mit à *dégouliner* sur ses *tempes* et lui piqua les yeux. Elle fit une pause devant la façade vitrée du *guichet* de vente de billets pour s'essuyer le visage avec un mouchoir. Ses yeux piquaient de plus belle et étaient en train de rougir.

Elle fouilla désespérément dans son sac Gucci dans l'espoir de trouver une paire de lunettes de soleil oubliée par Nathalie, pour cacher tout ça. Pas de miracle, il n'y avait rien. Camille ressortit sa main du sac... toute collante de vernis, vision d'horreur ! Du vernis rouge, celui qu'elle avait embarqué au dernier moment dans son sac, il ne devait pas être bien fermé, tout l'intérieur du sac en était *imprégné*.

*dégouliner* → *to drip*
*les tempes* → *temples*
*un guichet* → *ticket office*
*imprégné* → *soaked*

35

Le sac Gucci, qui sentait si bon le cuir...

Le sac chéri de sa copine Nathalie !!

« Ohlala *c'est le pompon*, je ne peux pas lui rendre comme ça, elle va *m'étriper*, ou pire, me rayer à tout jamais de la liste de ses copines. Il va falloir que je lui en rachète un autre. Mais comment trouver le même ? C'est la collection d'il y a deux ans. Et ça va me coûter deux mois de salaire ... »

Camille était *déconfite*.

Mais elle se ressaisit rapidement pour se concentrer sur le but suprême de cette matinée : la rencontre avec l'Homme. Elle gérait un cas critique à la fois, pour le sac on verrait ce soir, là il s'agissait d'arriver à l'heure à la station Opéra.

*C'est le pompon !* → *that takes the cake!*

*étriper quelqu'un* → *to skin sb alive*

*déconfit* → *downcast*

Le métro arriva station Grands Boulevards, plus que deux stations à parcourir. Camille avait le cœur qui battait très fort. Cette rencontre était un moment clé, elle en était persuadée.

Son portable avait disparu de ses préoccupations, elle n'y avait même plus repensé depuis l'appel téléphonique. Elle laisserait sa main gauche dans la poche de son caban pour cacher le vernis séché dessus, qui d'ailleurs lui tirait les poils c'était très déplaisant.

Tant pis pour le maquillage, de toute façon elle rayonnait d'enthousiasme, "ce qui met toute femme bien plus en valeur que n'importe quel artifice", lui affirmait sa Maman.

8h47, le métro s'arrêta enfin à Opéra.

Elle prit une grande inspiration et descendit de la rame pour se diriger en tête du *quai*. Lutte *au coude à coude* avec la foule qui évidemment se dirigeait en sens inverse vers la sortie du quai.

« Garder le sourire et rester superbe, il ne faut pas passer pour une *mégère hirsute* si jamais mon prétendant me voit. »


*au coude à coude*  →  neck and neck
*une mégère hirsute* →  shaggy shrew


Il était là.

En bas de l'escalier, adossé au mur, lisant son journal.

Sublime.

Camille ressentit des frissons dans tout le corps. Il était comme dans ses rêves. Grand, athlétique, élégant, rassurant, viril. Idéal.

« Je suis la plus chanceuse des femmes - rencontrer l'âme sœur dans le métro parisien, ça ferait rêver toutes les touristes japonaises. » pensa très fort Camille en se dirigeant vers le bel homme.

— Bonjour, dit-elle avec son plus beau sourire, je suis la personne qui a perdu son portable.

— Ha bonjour, répondit-il avec un sourire ravageur. Comme quoi, même aux heures de pointe on peut arriver à se retrouver sur un quai.

« Oh ces yeux brillants et vifs, ce visage parfait d'acteur américain. » songea Camille.

Il fouilla dans la poche de sa veste et en sortit le portable de Camille.

— Il est tombé entre de bonnes mains, vous avez de la chance ! dit-il en lui remettant l'objet.

— Ohlala oui, j'en ai de la chance, s'exclama Camille, en le dévorant des yeux.

— Peut-être avez-vous un moment de disponible ?
On pourrait prendre un café ?

« Il est raide dingue de moi ! » s'exclama Camille
intérieurement. Elle *jubilait*, bouillonnait, et se retint de
ne pas crier de joie.

— C'est une très bonne idée. J'ai toute liberté au
travail, je peux arriver quand je veux, j'ai tout mon
temps disponible pour vous.

Là, elle en avait un peu trop fait, c'est sûr, mais ses
mots dépassaient sa pensée, elle flottait sur un petit
nuage. Côté réalité, elle avait une réunion de service à
9h, son patron ne tolérait pas les retards, elle allait *se
faire incendier*.

*jubiler* → *to gloat*
*se faire incendier* → *to get a rocket*

— En haut de la sortie il y a un Café Pronto, on
pourra se poser quelques minutes, suggéra-t'il.

« Se poser toute la vie s'il veut » pensa Camille.
Elle le suivit, il avait un pas sûr et une allure tranquille,
comme un homme serein face au destin merveilleux qui
s'offrait à lui.

Ils arrivèrent dans la boutique. Il commanda un café serré au bar. Il lui demanda ce qu'elle voulait, elle prit la même chose, même si elle n'aimait pas ça. Elle aurait préféré un café long, mais ce n'était pas le moment de jouer la dissidente.

Il posa une pièce de deux euros sur le bar. Camille était un peu déçue qu'il ne paie pas sa part, mais se raisonna en pensant qu'un gentleman ne voudrait pas donner l'impression à une femme qu'elle était dépendante d'un homme. Elle sortit donc la monnaie de son *porte-monnaie* maculé de vernis rouge, et la posa sur le *zinc*.

*porte-monnaie* → *purse*
*le zinc* → *the bar*

— Je suis heureux qu'on se voit, commença-t-il. Je pense à vous depuis que j'ai trouvé ce portable.

— Moi aussi, j'ai beaucoup pensé à vous, répondit promptement Camille, qui se sentait rougir.

— Je me suis dit qu'il était bien dommage de nos jours d'utiliser encore un si vieil appareil, quand tant de technologie s'offre à nous, continua-t-il.

Camille n'écoutait plus, elle était hypnotisée par le regard de cet homme à la voix *envoûtante*.

— Votre portable doit bien avoir cinq ans, vous n'avez accès à aucune fonctionnalité avancée permettant d'exploiter tout ce que votre opérateur met à votre disposition : les MMS, une capacité de stockage *conséquente*, internet et toutes les applications qui en découlent, qui pourraient complètement changer votre vie.

— Mais oui bien sûr, complètement changer ma vie, répéta machinalement Camille qui n'écoutait pas la moitié du discours. Il était si beau dans son costume sombre.

$$envoûtant \rightarrow enchanting$$
$$conséquent \rightarrow substantial$$

— Savez-vous qu'il existe sur le marché des téléphones portables particulièrement performants et faciles d'utilisation, qui sont à des tarifs bien plus bas que ce que vous pouvez penser. Vu la *vétusté* de votre portable, je suis sûr que vous imaginez qu' un beau

Smartphone dernière génération ce n'est pas dans vos moyens, n'est-ce pas ? N'est-ce pas ?

Camille sortit de sa rêverie.

— Heu oui sûrement, il doit y avoir de beaux portables. Mais sinon, vous faites quoi dans la vie ? Je ne sais même pas votre nom ? Moi je m'appelle Camille.

— Camille, vous avez la chance d'avoir devant vous le meilleur commercial de Phony Box. Je m'appelle Marc Tarbaud, dit-il en lui tendant sa carte de visite.

— En voyant votre portable je me suis dit qu'il fallait absolument que je vous présente nos offres. Ma femme avait le même portable que vous quand je l'ai rencontrée, ça fait déjà un moment. Il y en a pour tous les budgets et cette semaine je fais une *promotion* sur le Vaxus VI, le meilleur de la gamme intermédiaire, continua-t'il en sortant de sa *sacoche* un exemplaire de ladite chose sous un blister.

la vétusté   →   obsolescence

une promotion   →   a special offer

une sacoche   →   a bag

— Ma fille ainée a tout de suite été convaincue par ce bijou de technologie, elle ne peut plus s'en séparer. Et vous savez comme les jeunes sont de bon conseil pour ce genre d'outils !

Camille resta interdite.

Elle comprit d'un coup l'effroyable *méprise*, la déception était énorme. Il fallait s'échapper vite et dignement de cette situation pénible.

— Ho zut, gémit-elle en regardant sa montre, je n'ai pas le temps de voir ça avec vous c'est trop bête, j'ai complètement oublié que je devais *à tout prix* rencontrer un gros client ce matin au travail, je dois partir de toute urgence.

*Joignant le geste à la parole,* elle quitta le bar en agitant la carte de visite du commercial au dessus de sa tête.

*une méprise* → *a mistake*

*à tout prix* → *at all costs*

*joindre le geste à la parole* → *walk the talk / match the words with action*

— Je vous appelle dans la journée ! lâcha-t'elle en s'éclipsant avant que l'homme n'ait le temps de faire un geste.

Camille *fendit la foule* pour récupérer le quai 1 de la ligne 8 et *s'engouffrer* dans le métro qui venait d'arriver.

« Mais quelle gourde je fais ! Et en plus il faut maintenant que je me *dépatouille* avec ce *foutu* sac à main. »

Camille était furieuse contre elle-même, contre cet homme qui n'y était pourtant pour rien, contre Nathalie qui n'aurait pas dû lui prêter son sac Gucci - ça lui aurait évité des complications, contre le mari de Nathalie qui aurait dû lui acheter une bague comme tout le monde - un sac c'est une idée grotesque.

*fendre la foule* → *to push one's way through the crowd*

*s'engouffrer* → *to rush*

*Quelle gourde !* → *What a clot!*

*se dépatouiller* → *to try to get by / to struggle with*

*foutu* → *damned*

Furieuse contre ce métro, elle détestait le métro, ses rames *bondées* qui créaient des histoires qui n'avaient pas lieu d'être.

**bondé** → **crowded**

« Mais ma foi, ce chemisier en mousseline, c'est bien confortable pour affronter la chaleur moite des wagons, il faudra que je pense à en acheter d'autres » pensa-t-elle en sortant à la station Ecole Militaire.

9h27, il allait falloir rapidement improviser un drame pour justifier un tel retard au bureau.

Mais de ce côté-là pas de souci, Camille avait toute l'imagination nécessaire.

*Camille et le nougat*

\*   \*

« Si je fais des lasagnes moi-même, est-ce que ce sera moins calorique que des lasagnes toutes prêtes ? En y ajoutant plein de légumes, des légumes verts, c'est zéro calorie tout ce qui est vert. »

Sa liste de courses à la main, Camille *arpentait* les allées du supermarché. Elle s'était arrêtée devant le rayon plats cuisinés. Ceux où la photo était tellement *alléchante* qu'on imaginait un bon *petit plat mijoté* comme avant chez Maman. Elle s'était déjà fait avoir un nombre incalculable de fois, ça n'était jamais aussi bon que dans ses souvenirs d'enfance.

Le souci c'était que Camille n'aimait pas cuisiner, mais alors pas du tout. Mais elle aimait bien manger, donc évidemment, à moins d'aller au restaurant tous les soirs... quand elle aurait trouvé un homme riche peut-être ?

arpenter   →   *to pace up and down*
alléchant   →   *tempting*
petit plat mijoté   →   *little delicacies*

49

Quoiqu'elle pouvait aussi tomber sur un cordon bleu qui adorerait passer ses dimanches à cuisiner, le *tablier* noué autour de la taille.

« Non, ça ce n'est pas le bon plan, un homme qui cuisine a souvent de la *bedaine*, » se reprit-elle, « et dans dix ans il sera carrément gras. » Bon d'accord, Camille n'était pas hyper *longiligne* elle-même. Elle aurait pu être modèle pour Renoir.

*un tablier → an apron*

*la bedaine → belly*

*longiligne → streamlined silhouette*

Camille *se fit violence : une fois n'était pas coutume*, elle décida de se lancer dans la préparation de lasagnes maison. Histoire d'alléger le plat, elle alla chercher une boite de *céleri branche* au rayon conserves. « Le céleri branche ce n'est pas bon - c'est donc forcément hypocalorique. Noyé dans l'ensemble, on ne le sentira pas. » se convaincut-elle.

*se faire violence → to force oneself*

*le céleri branche → celery*

Elle acheta le reste des ingrédients puis revint vers le rayon plats cuisinés. Elle n'aurait pas le temps de cuisiner un tel plat ce soir, ça serait pour samedi, donc d'ici là il fallait du pratique. Elle prit trois barquettes de plats dont elle n'osa pas regarder la composition à l'arrière. Puis fila au rayon gâteaux.

Camille faisait ses courses en fin de journée, sur le retour du travail. Et en fin de journée, on a faim ! Et quand on a faim, on ne se jette pas sur le rayon frais pour s'emparer de brocolis et d'*endives*... Elle le savait bien, mais elle n'avait pas de meilleur créneau horaire un point c'est tout.

Donc elle fit le plein de *saloperies* sucrées et salées dans son panier à roulettes et se dirigea vers la caisse.

A 18h47, il fallait faire preuve de patience, tout Paris se donnait rendez-vous dans les *supérettes* de quartier...

une endive → chicory
des saloperies → junk food
une supérette → minimarket

51

Au pied de la *caisse*, un présentoir de *friandises* la *narguait*. Elle ne résista pas à l'appel des paquets de nougats qui lui tendaient les bras, Camille a-do-rait le nougat. Bien sûr le type devant elle avait un sachet de légumes sans code-barres, classique, si une caisse n'avançait pas, c'était la sienne.

Des magazines trônaient le long du tapis de caisse, le *canard* de la région, le programme télé, un magazine people, et un magazine Glam-Shine. Camille saisit ce dernier, en couverture il y avait une sublime fille en mini short en jean et chemisier léger ouvert sur un ventre *plat comme une limande.*

En gros titre : "Les dix bons plans pour trouver l'homme parfait à Paris" – suivi de "Trois semaines pour perdre cinq kilos".

Elle se sentait moins seule quand elle achetait ce magazine.

*la caisse* → *checkout*
*friandises* → *sweet*
*narguer* → *to taunt*
*un canard* → *newspaper*
*plat comme une limande* → *flat as a flounder*

Elle se disait que des milliers de femmes comme elle étaient célibataires et avaient des kilos en trop, c'était rassurant, même si ça ne solutionnait rien à sa situation.

« Allez, *je me lance*, trois semaines de régime, ce n'est pas la fin du monde. Et il faut absolument que je perde cette *bouée* autour de la taille avant juillet », se persuada Camille. Mi-juillet, sa copine Marie-Cécile organisait un weekend entre copines célibataires dans un *gîte* près de La Rochelle. Au programme, plage et fiesta. Marie-Cécile n'avait que des copines *sveltes* et fanas de gym en salle. Marie-Cécile elle-même ne prenait jamais un gramme, il fallait dire qu'elle mangeait comme un *mannequin* sous contrat.

« Moi, rien qu'à la vue d'une part de millefeuille, je prends cent grammes sur les *hanches* » se lamentait Camille.

*Je me lance !* → *Let's try it out !*
*une bouée* → *literally "buoy" - roll of fat around the waist*
*un gîte* → *a holiday cottage*
*svelte* → *slim*
*un mannequin* → *a model*
*les hanches* → *hips*

53

Autant dire qu'il était impératif de reprendre sa ligne en main pour ne pas passer pour la grosse copine sympa qui garde les sacs sur la plage pendant que les autres sautent dans les vagues avec des petits rires aigus qui attirent les beaux mâles bronzés.

Camille rentra chez elle, rangea ses courses. Il était 19h48, elle était fatiguée et son ventre *criait famine*. Elle enfila un pantalon de jogging et se *vautra* dans le canapé du salon avec le paquet de nougats (juste pour les goûter) et un brownie - en parts individuelles (comme ça elle en mangerait moins). Une pause de réconfort régressif, le temps de feuilleter son magazine.

« Ohlala ce n'est pas possible d'avoir un corps si ferme », se lamenta-t-elle en *écarquillant* les yeux devant le déballage de photos de mode et de publicités affichant des déesses sculpturales.

*crier famine* → *complain of hunger*
*se vautrer* → *to wallow*
*écarquiller les yeux* → *to stare wide-eyed*
*un déballage* → *display*

Elle *grignota* sans compter les nougats, et continua de tourner les pages pour admirer jalousement ces mannequins sublimes.

« Jamais je ne pourrai être comme elles, je suis née grosse, je resterai grosse », se dit-elle, *écœurée* par tant de minceur.

> *grignoter* → *to snack*
>
> *écœuré* → *nauseated*

Elle prit trois parts de brownie pour se consoler. Le chocolat ça faisait du bien au moral – même si un brownie industriel c'était plus du sucre qu'autre chose, mais l'effet placebo était indéniable.

Camille alla se coucher, elle lirait le dossier sur le régime demain. Le paquet de nougats vide *trônait sur* le canapé.

Au réveil, Camille osa ce qu'elle n'avait pas osé depuis presque un an : monter sur la *balance*. Il fallait bien faire face à la réalité, *la politique de l'autruche* ça ne menait à rien.

> *trôner sur* → *to have pride of place on*
>
> *une balance* → *scales*
>
> *la politique de l'autruche* → *ostrich-like approach*

Elle mit tous les *atouts* de son côté : *à jeun*, sans pyjama ni chausson, sans élastique dans les cheveux, ni sa bague argentée et ses boucles d'oreilles en étoile, ça pesait lourd les *babioles* du marché.

Elle posa un pied délicatement sur la balance, puis souleva doucement l'autre pied du sol. L'aiguille poussa sa course vers la droite. Camille descendit immédiatement de l'engin pour vérifier le *calibrage* de la machine. Et oui, quand même, il y avait bien un *décalage* d'un demi millimètre, Camille régla l'aiguille, c'était important d'être précis. Elle remonta sur la balance avec lenteur.

Les deux pieds posés. Elle ouvrit de grands yeux.

« 68kg. Ohlala *la cata*, mais comment est-ce possible de cumuler si vite ! », s'exclama Camille.

les atouts   →   advantages

à jeun   →   on an empty stomach

une babiole   →   trinket

le calibrage   →   grading

un décalage   →   gap

La cata !  →   (short word for catastrophe) What a disaster!

56

L'an dernier elle était à 64kg, et déjà se trouvait grosse. Alors 68, il y avait vraiment eu du *laisser-aller*. Elle savait qu'elle n'aurait pas dû finir les brownies cette nuit, mais quand elle s'était levée à 1h15 du matin pour aller boire, et ils étaient là, il en restait juste deux, elle ne pouvait pas les *laisser traîner*, c'était plus fort qu'elle.

Camille s'habilla rapidement et sauta le petit déjeuner pour aller potasser le dossier régime de son magazine Glam-Shine.

« Il faut que je *me reprenne en mains*, c'est maintenant ou jamais. Il me reste deux mois avant le weekend avec Marie-Cécile, j'ai le temps de me remettre en forme si je m'y tiens bien. », et Camille avait bien l'intention de *s'y tenir*.

*laisser-aller* → *carelessness*

*laisser traîner* → *to leave sth lying around*

*potasser* → *bone up on*

*un régime* → *diet*

*se reprendre en mains* → *to get one's life back on track*

*s'y tenir* → *to stick to it*

Camille faisait 61kg quand elle sortait avec Jérôme, le *gars* qui s'occupait du *courrier* au bureau. Jérôme était très sportif, il fallait bouger tout le temps, impossible de cocooner, il ne supportait pas.

Alors Camille avait fait de la course à pieds avec lui sur les bords de Seine les lundis, de la natation les mardis et vendredis, du squash les mercredis, du roller le jeudi soir (son coccyx s'en souvenait encore) et du vélo le dimanche matin au bois de Boulogne.

Le samedi c'était journée dans la forêt de Rambouillet. Mais pas pour une balade-pique-nique-*sieste*, mais pour un trail dans la *boue, à fond les manettes*, elle s'était *foulée la cheville* deux fois. Elle a tenu trois mois, un exploit.

Elle a mis cinq mois à s'en remettre, et à reprendre 4kg.

*un gars* → *guy*

*le courrier* → *mail*

*une sieste* → *nap*

*la boue* → *mud*

*à fond les manettes* → *full tilt*

*se fouler la cheville* → *to sprain one's ankle*

Camille lut dans son magazine les recommandations pour les trois semaines à venir : manger léger – beaucoup de légumes vapeur et pas de sucre raffiné (on imaginait bien, malheureusement), faire du sport (pffffff), boire beaucoup (pas du rosé sûrement) et se faire plaisir (ha bon, comment était-ce possible avec ce plan austère ?!).

Elle prit des notes pour les prochaines courses :

- du *pamplemousse* pour les petits-déjeuners (ohlala, mais c'était affreux !)

- du thé vert (elle allait s'y faire)

- du filet de poisson (mais pas de saumon ni *maquereau* dommage)

- des légumes frais à cuisiner vapeur (oulah, mais c'était le Goulag !).

Elle n'avait jamais eu une telle liste de courses entre les mains – et elle réalisa en même temps que sans aucun plat cuisiné, il allait falloir plus d'énergie et de temps que d'habitude pour préparer les menus du programme minceur, aussi frugales étaient-ils.

*un pamplemousse*   →   *grapefruit*
*le maquereau*   →   *mackerel*

« C'est tout de même idiot ce principe, passer plus du temps aux *fourneaux* pour manger moins et moins bon » se dit Camille. Mais elle était très motivée, rien ne pouvait lui faire baisser les bras.

Voici donc les menus qu'elle découvrit dans son magazine:

✓ *Lundi - Papillote de merlu et julienne de légumes*
✓ *Mardi – Duo de crabe et crevettes, salade de champignons de Paris*
✓ *Mercredi – Filet de sole et courgettes thym et citron*
✓ *Jeudi – Filet de dinde grillé et endives braisées*
✓ *Vendredi – Terrine de lotte et concassé de tomates à l'ail*

| | | |
|---|---|---|
| *être aux fourneaux* | → | *cooking* |
| *un constat* | → | *assessment* |
| *une papillote* | → | *wrapper* |
| *un merlu* | → | *hake* |
| *une crevette* | → | *shrimp* |
| *une courgette* | → | *zucchini* |
| *du thym* | → | *thyme* |
| *une dinde* | → | *turkey* |
| *une endive* | → | *chicory* |
| *une lotte* | → | *monkfish* |
| *concassé* | → | *crushed* |

Camille ne lut pas au-delà, il y avait déjà suffisamment à organiser pour arriver jusqu'au weekend.

Pour les diners, il faudrait qu'elle aille emprunter *l'autocuiseur* de sa voisine Marcelle.

Le programme indiquait soupe de légumes maison à volonté – sans sel sans crème, le *festin*. Marcelle elle, prenait une soupe tous les soirs, mais avec des croûtons à l'ail et de la crème fraîche entière. Elle le savait car elle avait dîné chez elle au mois de mars, le soir où elle avait retrouvé le *caniche* de Marcelle enfermé au local-poubelles. Marcelle le cherchait depuis deux jours, elle était désespérée. Il fallait dire, son caniche c'était toute sa vie, elle n'avait personne d'autre pour lui tenir compagnie. Mais ce soir là, elle n'avait pas dîné seule pour une fois, elle avait invité Camille pour la remercier.

*un autocuiseur*  →  *pressure cooker*
*le festin*  →  *feast*
*un caniche*  →  *poodle*

Camille était persuadée que c'était le voisin du cinquième étage qui avait *fait cette crasse* à Marcelle, il ne supportait pas les animaux – il ne supportait personne d'ailleurs, c'était un homme sec et aimable comme une porte de prison.

*faire une crasse à quelqu'un* → *play a dirty trick on sb*

Elle n'avait pas parlé de ses soupçons à Marcelle, elle était si gentille cette voisine, 82 ans, toujours le sourire et des mots gentils, elle ne l'avait jamais entendu se plaindre. Camille, qui râlait souvent, admirait beaucoup cette femme.

« Ca doit être avec l'âge qu'on atteint la sérénité » se disait-elle.

Encore fallait-il s'en donner les moyens.

Midi était passé depuis un moment déjà et Camille commençait à avoir vraiment faim. Elle ouvrit son frigo, puis jeta un œil dans ses placards. Il n'y avait pas grand-chose d'hypocalorique dans tout ça, pas l'ombre d'un brocoli ou d'un yaourt maigre. Au frigo, un plat cuisiné rôti de porc et pâtes carbonara, un pot de mayonnaise entamé, trois chocolats liégeois.

Dans les placards, un paquet de madeleines, une boite de biscuits *apéro*. Camille se dit que pour éviter les tentations dans les semaines à venir, et aussi pour s'encourager en vue des privations extraordinaires qui allaient suivre, il était approprié de finir toutes ces denrées aujourd'hui. Elle commencerait son régime demain, le temps de faire ses courses, et se préparer mentalement.

*apéro* → *short word for aperitif*

A 14h27, alors qu'elle prenait des notes sur les apports caloriques de différents pains et biscottes, Camille reçut un coup de fil. C'était Marie-Cécile, qui proposait un pique-nique demain au Parc Monceau.

Camille accepta, le temps allait être splendide, elle se réjouit d'y aller. Comme demain c'était le premier jour de son régime, il fallait qu'elle aille faire quelques courses en vue de préparer une salade composée appropriée.

Elle prit conseil dans son Glam-Shine et partit à la superette du quartier.

Le lendemain matin, Camille se pesa au saut du lit, histoire de noter son poids précis de départ, pour apprécier pleinement ses progrès dans les trois semaines à venir.

« 69kg ! J'ai pris un kilo avec un malheureux paquet de nougats et quelques cuillères de mayo, c'est fou ça ! », s'exclama Camille.

Elle oubliait de lister les quelques plats bien caloriques et autres grignotages de saloperies de ces deux derniers jours, mais c'était vrai tout de même, ce n'était pas de chance de stocker du poids si vite, pauvre Camille.

Mais cela n'entama pas sa détermination.

Jour 1 donc, petit déjeuner de future *sylphide* : un demi pamplemousse, une tasse de thé vert, deux biscottes. Elle se sentait *une pêche d'enfer*.

| | | |
|---|---|---|
| *une sylphide* | → | *sylph* |
| *avoir une pêche d'enfer* | → | *to be on top form* |

Elle enchaîna avec la préparation du repas pour le pique-nique de ce midi : salade de concombres et carottes râpées avec une sauce au yaourt et citron, bâtonnets de surimi, pomme. Elle admit que ce n'était pas très *convivial*, d'habitude pour ce genre de sortie elle amenait des pizzas, des gâteaux marbrés et une bouteille de rosé de Provence, et toutes les copines en profitaient.

« Tant pis, *une fois n'est pas coutume*, et puis elles seront admiratives devant ma démarche, c'est important les copines dans ce genre de *défi*, elles sont là pour nous soutenir et nous encourager à tout moment » se dit Camille.

Camille sortit prendre le métro direction le Parc Monceau. Il faisait en effet une belle journée ensoleillée – Marie-Cécile n'était pas la seule à avoir eu cette idée de pique-nique, il y avait un monde fou sur les pelouses. Il y avait aussi Florence et Caroline qui avaient répondu à l'invitation, elles aussi seraient de la partie lors du weekend de juillet à La Rochelle. Les quatre filles s'installèrent sur une pelouse, à l'ombre d'un *orme*.

*convivial* → *user-friendly*
*une fois n'est pas coutume* → *just this once won't hurt*
*un défi* → *challenge*
*un orme* → *elm*

Florence sortit une bouteille de pineau blanc et commença à nous raconter sa semaine au bureau. Florence travaillait à l'accueil de la mairie du 9$^{ème}$ arrondissement. Elle en voyait passer du monde toute la journée, avec des questions *farfelues*, des situations compliquées, des demandes *saugrenues*. Alors elle avait toujours une foule d'anecdotes à nous raconter chaque weekend. Et puis Florence adorait parler, surtout d'elle.

Tout en racontant *l'esclandre* d'un homme qui était venu *s'indigner* du manque de propreté du trottoir de la rue Pompidou, elle nous servait du pineau dans les verres en plastique que lui tendait Caroline.

— Ha non merci, dis-je en refusant le verre qu'elle me tendait, je ne prends plus d'alcool.

Ses copines la regardèrent avec des gros yeux.

*farfelu*  →  *eccentric*

*saugrenu*  →  *absurd*

*un esclandre*  →  *scene*

*s'indigner de*  →  *to be indignant about*

— T'es malade Camille ? lui demanda Marie-Cécile. Je ne t'ai jamais vu refuser un verre !

— Non tout va bien, bien au contraire. C'est juste que je viens d'entamer un régime et l'alcool y est tout à fait déconseillé. Il parait que ça se transforme directement en graisse.

— Un régime ? Mais pourquoi faire un régime, tu n'en as pas du tout besoin, tu es superbe comme tu es, lança Florence.

On pourrait rentrer deux Florence dans un jeans de Camille ...

— Ce n'est pas un régime au sens strict du terme, mentis-je, mais un programme diététique visant à me rebooster. Je sens qu'avec les beaux jours qui reviennent j'ai besoin de nettoyer mon organisme pour retrouver de la vitalité.

— En tout cas, ce n'est pas un verre de pineau qui va entamer ta vitalité. Au contraire, c'est plein de polyphénols, répondit Caroline.

Devant mon air *dubitatif*, Florence enchaîna.


*dubitatif*  →  *sceptical*

— Les polyphénols sont de puissants antioxydants. C'est comme le thé vert, c'est excellent pour entretenir la jeunesse de nos cellules.

Si c'était comme le thé vert, recommandé dans son magazine Glam-Shine, alors Camille se dit qu'en effet ça ne pouvait être que bénéfique. Elle saisit son verre et les copines *trinquèrent* ensemble.

Chacune *déballa* de son sac plein de bonnes choses à partager, et les posèrent sur la nappe étendue sur la pelouse. La salade composée de Camille et sa pomme dénotaient par leur austérité.

— Ouhla, s'exclama Florence, mais ce n'est pas un programme diététique ton truc, c'est *carrément* la *disette* !

— Tu ne vas jamais tenir si tu t'infliges autant de restrictions, *renchérit* Caroline. Moi j'ai même lu que plus on s'astreint à un régime dur, plus le corps *fait des réserves*.

| | | |
|---|---|---|
| *trinquer* | → | *to clink glasses* |
| *déballer* | → | *to unpack* |
| *carrément* | → | *straight out* |
| *la disette* | → | *scarcity* |
| *renchérir* | → | *to add* |
| *faire des réserves* | → | *to store (fat)* |

— Mais j'ai prévu un programme sportif pour brûler les graisses, mon corps n'aura pas le temps de stocker, il brûlera chaque calorie ingérée, expliqua Camille.

Là, elle mentait un peu Camille, les pages parlant du sport, elle ne les avait pas encore lues. Elles étaient illustrées par les photos d'un mannequin superbe dans un body rose fuchsia qui faisait des exercices de musculation. Camille n'avait pas eu le courage de rentrer dans le détail de ce qui lui semblait *pénible* rien que vu de loin.

Caroline, qui était en train de couper du *saucisson*, lui dit :

— De toute façon, le meilleur régime c'est de manger un peu de tout, tout simplement.

Elle lui tendit l'assiette de saucisson.

— Tu peux en prendre, ce n'est pas déconseillé, du moment que tu ne manges pas un saucisson entier par jour ! continua Caroline.

Florence se servit devant elle, Camille fit de même. En effet, elle n'allait pas manger un saucisson par jour de toute façon.

*pénible* → *painful*
*saucisson* → *salami*

69

Caroline refit une tournée de pineau, en remplissant les verres presque *à ras bord*.

— *Punaise* , je crois que tu ne nous avais jamais sorti un pineau aussi bon, dit Camille en finissant son verre.

— C'est un pineau des Charentes Extra Vieux, répondit Florence en insistant sur le "extra". Je l'ai ramené de mon weekend sur l'île d'Oléron en octobre. Tu te rappelles, c'est quand je *sortais avec* Jacques. Il voulait m'emmener faire du catamaran mais ne savait même pas tenir un *gouvernail*. On a *dessalé* plusieurs fois, qu'est-ce que je m'étais *caillée*. Dire qu'il m'avait rappelé en mars pour me proposer trois jours en kayak, *il est con ce mec*.

*à ras bord*  →  *to the brim*

*Punaise !*  →  *Gosh !*

*sortir avec quelqu'un*  →  *to date sb*

*un gouvernail*  →  *rudder*

*dessaler*  →  *to capsize*

*se cailler*  →  *to be freezing*

*Il est con ce mec !*  →  *What a jerk !*

Oui, Jacques, elles s'en rappelaient toutes. C'était un coach du club de gym de Florence. Un grand brun aux yeux verts, musclé juste ce qu'il faut, on aurait dit Patrick Swayze. Un *canon*. Camille elle, aurait bien voulu dessaler toute la journée avec lui, même dans les eaux glacées de la mer du Nord.

« Elle est un peu *pimbêche* parfois cette Florence », pensait Camille.

Marie-Cécile sortit un gros paquet de *chips* qu'elle versa dans un saladier. Tout le monde *piocha* dedans, Camille prit un *bâtonnet* de surimi.

— Ohlala Camille, du surimi, mais tu ne te rends pas compte ! marmonna Caroline en manquant de *s'étouffer avec* sa poignée de chips dans la bouche.

un canon → a knockout

une pimbêche → stuck-up

chips → crips

piocher → to pick up

un bâtonnet → stick

s'étouffer avec quelquechose → to choke on something

71

— C'est *bourré* de saloperies ces choses là, du colorant, des additifs, du glutamate. Et puis on ne sait pas quels poissons *raclés* au fond des mers ils ont mixés là-dedans. Il parait qu'il n'y aura plus de poissons des grands fonds d'ici quinze ans si on continue à produire des produits industriels *à grande échelle*, comme le surimi.

Elle lui tendit le saladier.

— Au moins les chips tu vois c'est simple, de la pomme de terre, de l'huile de tournesol, du sel, dit Marie-Cécile en lisant les ingrédients à l'arrière du paquet. En plus fabriqué en France, on fait travailler les agriculteurs Français. C'est toujours la même histoire, si tu en manges raisonnablement ça ne s'appelle pas de la *malbouffe*.

— Oui mais mon problème c'est le "raisonnablement" justement, répondit Camille. Moi quand j'ai un paquet de saloperies devant le nez, salé ou sucré, je ne sais pas être raisonnable.

| | | |
|---|---|---|
| *bourré de* | → | *full of* |
| *raclé* | → | *scraped* |
| *à grande échelle* | → | *large scale* |
| *la malbouffe* | → | *junk food* |

— Tout n'est qu'une question de volonté. Tu veux *mincir* ? – même si tu n'en as pas du tout besoin on est toutes claires là-dessus – et bien il te faut de la volonté de toute façon, tout part de là, c'est la clé. Donc apprendre à maîtriser sa consommation de chips c'est déjà un grand pas dans un régime.

— Au fait les filles, vous savez qui j'ai vu hier au centre commercial de La Défense, *pile* devant le magasin de chaussures hyper chères dont je vous avais parlé ? coupa d'un coup Caroline.

mincir  →  *to loose weight*

pile  →  *exactly*

Et la conversation s'orienta sur les *déboires* de Marjorie, la collègue de Caroline, qui *s'était fait plaquer* après trois ans de mariage – pour une *minette* de onze ans sa *cadette* – et qui depuis était prise de *frénésies* de shopping.

les déboires  →  *streak of bad luck*

se faire plaquer  →  *to get dumped*

une minette  →  *a fashion victim*

de x ans sa cadette  →  *x years younger*

une frénésie  →  *craving*

— Je n'ai pas pu *m'en empêcher*, je suis restée *tripoter* quelques *fringues* sur les portants du magasin d'en face pour rester sur place jusqu'à ce qu'elle sorte du magasin, continua Caroline. J'aurais dû prendre une photo : elle est ressortie avec cinq sacs, cinq ! Au prix où sont les shoes dans ce magasin, tout son salaire a dû y passer, elle est folle.

— Chacun fait comme il peut pour survivre à un *chagrin d'amour*, dit Camille en finissant le saucisson. Moi si la même chose m'arrivait, je ne sais pas sur quoi je compenserais.

— Tu parles, rien du tout oui, nous on est solidaires. Si une de nous a un souci, on *se serre les coudes* et ça ne part pas *à la dérive*. Tu sais bien Camille que tu peux compter sur les copines ! la rassura Marie-Cécile.

*je ne peux pas m'en empêcher* → *I can't help it*

*tripoter* → *to finger*

*les fringues* → *clothes / threads*

*un chagrin d'amour* → *heartache*

*se serrer les coudes* → *to stick together*

*partir à la dérive* → *to go adrift*

Elles finirent la bouteille de pineau, avec la terrine de foie gras qu'avait faite Marie-Cécile – elle nous sort toujours des plats incroyables et absolument délicieux, « je t'assure c'est vraiment rien à faire » nous disait-elle à chaque fois. Caroline avait apporté des samoussas au *chèvre* et des minis sandwiches au saumon, et Florence un cake au chocolat et un énorme paquet de nougats.

— C'est marrant l'instinct, dit Florence en s'adressant à Camille, j'y ai pensé cette fois-ci aux nougats. C'est toujours toi qui en amènes d'habitude et là je suis passée devant au supermarché et j'ai pensé à toi. Ca *tombe vraiment bien, pile* la fois où tu n'en prends pas !

Ohlala des nougats. Camille ne résistait pas à l'appel du nougat. Si elle n'en avait pas amené c'était bien à cause de ça.

L'après-midi fût joyeuse, et très loin d'être diététique. Le pineau et le soleil avaient animé les conversations jusqu'en fin de journée.


*du chèvre* → *goat cheese*

*Ça tombe bien !* → *That's a piece of luck !*

*pile* → *exactly*

75

Chacune rentra chez soi avec un sac à pique-nique vide, sauf Camille, qui avait *remballé* sa salade composée et sa pomme. Le surimi était passé à la poubelle, après le discours de Marie-Cécile comment imaginer l'avaler ?

Une fois chez elle, Camille songea à la soupe à préparer pour le dîner, comme préconisé par Glam-Shine.

Il était 21h24, trop tard pour passer chez Marcelle emprunter l'autocuiseur, et surtout trop tard pour envisager d'*éplucher la* montagne de légumes frais achetés hier. Elle ouvrit les placards, c'était la misère, elle avait tout fini hier, et au frigo pareil, rien de prêt-à-manger bien sûr, merci Glam-Shine.

Florence avait insisté pour que Camille ramène le reste du sachet de nougats entamés, « Un petit nougat pour te récompenser à la fin de chaque journée de régime » lui avait-elle dit avec un clin d'œil.

*remballer*   →   *to pack up*
*éplucher*   →   *to peel*

Camille *s'affala* dans le canapé pour reprendre son magazine Glam-Shine à la page des exercices de gym. En grignotant les derniers nougats, elle se dit qu'il faudrait qu'elle achète un tapis de gym demain en rentrant du travail.

De toute façon elle commencerait son régime demain, aujourd'hui c'était une journée entre copines, c'était l'exception avant la restriction.

Enfin non pas demain, il y avait le *pot de départ* en *retraite* de Jacqueline. Les collègues avaient planifié un gros apéritif suivi d'un repas au restaurant.

> *s'affaler* → *dans to slump into*
> *un pot de départ* → *leaving party*
> *la retraite* → *retirement*

« On verra après-demain alors » se dit Camille.

En se levant pour aller se coucher, le magazine Glam-Shine glissa sous le canapé. Camille ne l'a jamais retrouvé.

D'ailleurs elle n'a jamais pensé à le rechercher.

*Camille mène l'enquête*

Des bruits de coups sur les murs résonnèrent dans son appartement. Il était 6h48, Camille fût réveillée pour la troisième fois cette semaine par ce *ramdam* matinal.

« C'est quand même incroyable ce manque de *savoir-vivre,* » ronchonna-t'elle en se levant, « il y en a qui se croient tout seuls. »

Camille habitait un immeuble de sept étages. A raison de cinq appartements par *palier*, un peu moins au *rez-de-chaussée*, cela faisait une grosse trentaine de logements. Il était toujours possible d'avoir la chance d'habiter à côté d'un voisin discret et sympathique, mais tomber sur trente voisins discrets et sympathiques c'était difficilement concevable.

*mener l'enquête* → *to lead an investigation*

*un ramdam* → *hullabaloo*

*le savoir-vivre* → *good manners*

*le palier* → *landing*

*le rez-de-chaussée* → *ground floor*

Camille aurait aimé vivre dans une maison, comme on en voit dans les émissions de décoration à la télé. Une maison lumineuse, *coquette*, avec un étage et un *grenier* pour mettre tout son bazar – car Camille ne savait pas jeter - au milieu d'un petit jardin fleuri où elle pourrait *siroter* sa *tisane* le soir en écoutant les *grillons*. Camille n'avait jamais vécu en maison.

Elle enviait sa copine Nathalie qui, depuis qu'elle *était en ménage*, faisait le projet d'acheter un pavillon en banlieue avec son chéri.

| | | |
|---:|:---:|:---|
| *coquet* | → | *stylish* |
| *le grenier* | → | *attic* |
| *le bazar* | → | *mess* |
| *siroter* | → | *to sip* |
| *une tisane* | → | *herb tea* |
| *un grillon* | → | *cricket* |

*se mettre en ménage avec qq'un* → *to set up house with sb*

— Tu sais ce n'est pas si simple de vivre en maison, lui disait Nathalie quand Camille se lamentait sur sa vie en appartement. Il y a toujours des travaux à faire, et beaucoup plus de ménage, ça se salit plus vite quand des pièces sont ouvertes sur un jardin.

— Et puis c'est un *gouffre* à chauffer, tu es plus confortable dans un appartement avec un chauffage collectif, continuait-elle.

— Alors pourquoi vous ne restez pas dans l'immeuble ?, rétorquait toujours Camille, qui regrettait bien que sa copine quitte le troisième étage.

— Bah tu sais, en couple il faut toujours faire des projets. On va s'endetter sur vingt-cinq ans, *se coller* aux travaux tous les weekends et les vacances pendant deux ans, on va regretter de ne pas avoir mis un chauffage au gaz plutôt qu'un chauffage électrique, mais tout ça on va le faire à deux, c'est ça qui est bien, affirmait Nathalie.

Camille restait *dubitative* devant son argumentation. De toute façon, elle n'allait pas s'endetter sur cinquante ans pour se payer le pavillon de ses rêves.

| | | |
|---|---|---|
| un gouffre | → | money pit |
| se coller à quelquechose | → | to be stuck doing sth |
| dubitatif | → | dubious |

Toujours est-il que ces *foutus* coups continuèrent à résonner jusqu'à 7h43. S'ajoutèrent alors les voix d'un homme et d'une femme, qui criaient suffisamment fort pour qu'on les entende à travers les murs.

« Super, une *scène de ménage*, c'est le pompon ! », s'exclama Camille.

La dernière fois que c'était arrivé dans l'immeuble c'était chez ses voisins de palier, Nicolas et Sylvie, elle était aux *premières loges*. Nicolas était un *coureur de jupons*, Sylvie avait plein de preuves, mais préférait *s'époumoner* à demander des explications et des excuses plutôt que de le mettre dehors.

*Bon*, l'ennui c'était que l'appartement appartenait à Nicolas, ce qui compliquait bien des choses.

*foutu* → *damned*

*une scène de ménage* → *domestic quarrel*

*être aux premières loges* → *to have a front seat*

*un coureur de jupons* → *womaniser / womanizer*

*s'époumoner* → *to bell out*

*bon* → *well*

Alors Camille, qui avait eu l'occasion de croiser Sylvie en pleurs sur le palier, se retrouva malgré elle dans la position de confidente.

Camille n'avait aucune envie d'entendre les histoires de couple de Sylvie, surtout en tant que célibataire cherchant le prince charmant – ou au moins un homme voulant bien d'elle.

Pourtant Sylvie ne lui épargnait aucun détail. Nicolas qui laissait traîner ses chaussettes et slips sales par terre dans leur chambre, Nicolas qui ne relevait pas la *lunette des wc*, Nicolas qui utilisait les crèmes de jour de Sylvie sans sa permission, Nicolas qui *ronflait* surtout après un gros repas.

Au secours !! Camille ne voulait pas de ces sordides détails, alors elle *faisait mine* d'écouter Sylvie sur le palier, en *saupoudrant* des "pfff" et des "rho" dans le flot de paroles de Sylvie, puis prétextait qu'elle devait aller à la gym pour s'échapper enfin de cette situation pénible.

*la lunette des wc*  →  *toilet seat*

*ronfler*  →  *to snore*

*faire mine de*  →  *to pretend to do sth*

*saupoudrer*  →  *to pepper*

85

D'ailleurs son *abonnement* annuel à la salle de gym se terminait ce jeudi, il fallait que Camille passe au club pour faire renouveler sa carte.

Elle n'avait pas beaucoup usé les appareils de musculation, ni les frites en mousse de l'aquagym, ça on en était sûrs. Mais il était important pour Camille de conserver une carte du club dans son portefeuille. A chaque fois qu'elle l'ouvrait pour sortir sa carte bancaire, elle avait ce petit rectangle plastifié qui prouvait qu'elle avait dans sa vie un autre univers que celui du *boulot*.

Et puis ça laissait la porte ouverte à une reprise du sport, quand elle le voudrait. Si elle n'avait pas ça, jamais elle ne ferait de sport. Malgré tout, cela faisait quinze mois qu'elle n'en avait pas fait...

Camille entendit encore des coups sur les murs, et des cris de femme retentirent.

« Ce n'est pas possible, ça va mal finir leur affaire. » Camille appela sa copine Florence au téléphone pour *lui faire part* de ce qui se passait.

un abonnement → subscription

un boulot → job

faire part de qqchose à qq'un → to share sth to sb

86

— Il doit la battre, c'est affreux, répondit Florence. Ca doit être tellement *banal* dans le quartier où tu vis.

Ca irritait Camille quand elle prenait ses *grands airs* de résidente du 7$^{ème}$ *arrondissement*.

— Je ne vis pas à *La Courneuve* quand même, répondit Camille, et je n'avais jamais entendu une scène autant intense depuis la rupture de Nicolas et Sylvie.

— Ben qu'est-ce que tu veux faire ?

— Aller sonner à leur porte peut-être ? Tu en penses quoi ? demanda Camille

— Ben tu leur dirais quoi ?? rétorqua Florence

— Heuuu je leur demanderais si tout va bien, parce qu'il y avait beaucoup de bruit ?

— T'es folle ma fille, et si le type est un gros *costaud* ? Ou armé même. On ne connait pas ses voisins.

banal → commonplace

prendre des grands airs → to give oneself airs

7$^{ème}$ arrondissement → upper-class area of Paris

La Courneuve → lower-class town in the suburn of Paris

costaud → beefy

87

Alors qu'elle parlait au téléphone, les coups et les *hurlements* avaient enfin cessé.

— Ils ont dû *régler leur différend* tu vois, ce n'était pas si grave, conclut Florence.

— Et qui te dit qu'il ne l'a pas tuée ?! Un silence si soudain c'est étonnant quand même après une telle *querelle*.

— Arrête ton *délire* Camille, dit Florence avant de raccrocher, tu regardes trop de films policiers !

« Les meurtres, ça n'arrive pas que dans les films,» se disait Camille, « les *règlements de compte* en famille c'est sûrement très courant, on ne nous raconte pas tout. »

Camille savait que les bruits venaient du quatrième étage, l'appartement côté nord. Elle a déjà vu le locataire en prenant son courrier, il était poli, discret. Peut-être trop discret.

*un hurlement* → *yell*

*régler un différend* → *to settle a dispute*

*une querelle* → *quarrel*

*un délire* → *madness*

*un règlement de compte* → *violence / revenge act*

C'est *louche* les gens trop discrets. Il voulait sûrement fuir le contact, il avait quelque chose à cacher, elle en avait des *frissons* dans le dos.

Avant de se coucher, elle pensa à descendre le sac poubelle au sous-sol. Elle enfila un grand manteau *cache-misère*, elle était déjà en pyjama.

« Ca fait partie des petits plaisirs de célibataire, » disait-elle à ses copines, « parce que quand tu es en couple tu n'as plus le droit de te relâcher ! »

Quand elle rentrait du travail, Camille prenait sa douche et se mettait de suite en pyjama, tout mou, tout doux, donc pas montrable et surtout pas sexy, le bonheur du cocooning.

Quand elle était avec un petit ami, Camille s'infligeait les caracos et petits shorts en satin dans lesquels elle attrapait des rhumes ou des *nuisettes* en polyamide qui gratte.

*louche*  → *fishy*
*un frisson*  → *shiver*
*un cache-misère*  → *coverall*
*une nuisette*  → *nightie*

Elle se disait que si elle se laissait aller face à son mec, alors il finirait forcément par *aller voir ailleurs*.

Pourtant ses petits amis ne s'étaient jamais contraints à donner tant d'importance à leur propre apparence une fois la phase de séduction passée. Il y eût Frédéric par exemple, qui traînait en caleçon tout le weekend, ça *horripilait* Camille. David qui ne s'habillait qu'en bas de jogging et T-shirt une fois rentré du travail, sous prétexte qu'il portait le costume-cravate toute la journée – elle aurait bien aimé qu'il garde son costume-cravate à la maison, rien que pour elle et non pour ses clientes (il était commercial dans les objets de décoration d'extérieur).

Et puis finalement, satin ou nuisette, Camille était toujours célibataire.

> *aller voir ailleurs*  →  *take a hike*
> *horripiler*  →  *exasperate*

D'ailleurs il faudrait qu'elle pense à demander à Nathalie comment elle s'habillait le soir et la nuit, c'était sa seule copine qui avait réussi à garder un homme plus de trois mois – en l'occurrence cela faisait même deux ans maintenant.

Arrivée au *sous-sol*, Camille passa devant les parkings pour aller porter son sac au local poubelles. Sur le retour, elle aperçut un homme en train de charger *d'encombrants* sacs plastiques opaques dans son coffre. C'était le voisin du quatrième ! Camille le savait, il était carrément *louche* ce type. Au parking à presque minuit dix, c'était forcément pour faire quelque chose *en douce*, loin des regards.

Ils avaient l'air vraiment lourds ses sacs, il les *bourrait* avec difficulté dans son coffre.

« Sa femme ! » s'exclama intérieurement Camille. « C'est sa femme j'en suis sûre, il l'a coupée en morceaux et mise dans des sacs, qu'il va aller jeter dans la Seine, le *salopard*, c'est *immonde !* »

*le sous-sol* → *underground*
*encombrant* → *bulky*
*louche* → *shifty / shady*
*faire quelquechose en douce* → *to act on the sly*
*bourrer* → *to stuff*
*un salopard* → *bastard*
*immonde* → *appalling*

Camille avait les jambes qui commençaient à *flageoler*, son cœur battait fort et le souffle lui manquait. Il fallait qu'elle s'éclipse vite avant qu'il ne la voit.

Elle *rasa les murs* jusqu'au couloir de l'ascenseur et appuya sur le bouton. Evidemment la cabine était rendue au septième, elle prenait une éternité à descendre.

Camille regardait les chiffres des étages qui s'égrenaient, elle entendit soudain des pas qui se rapprochaient. Prise de panique, elle courut jusqu'à la porte de la cage d'escalier et gravit les marches plus vite qu'elle n'aurait jamais osé penser pouvoir le faire.

Arrivée chez elle, elle *verrouilla* la porte à double tour, ferma les fenêtres, éteignit la télévision et se prostra sur le canapé en *scrutant* vers la porte d'entrée.

Pas de bruit sur le palier, pas de lumière, elle n'avait pas été suivie.

*flageoler* → to shake
*raser les murs* → to hug the walls
*verrouiller* → to lock
*scruter* → to scan

Camille encore *en nage*, put reprendre son souffle. Elle déroula dans sa tête l'enchaînement qui avait dû se produire chez son voisin criminel.

« Il a eu tout le temps de la découper en soirée. Il faut bien une grosse soirée pour arriver à trancher un corps, et encore, avec du *matos* adapté. Il va éliminer toutes les preuves dans la nuit, pauvre femme, c'est vraiment un sort horrible. »

Elle ne trouva pas le sommeil cette nuit-là.

*être en nage*  →  *to be dripping with sweat*

*matos*  →  *short word for matériel*

Désormais Camille ne descendait plus son sac poubelle au local du sous-sol, elle l'emmenait avec elle le matin en partant prendre son métro, et le bourrait comme elle pouvait dans une poubelle du quartier.

Ce n'était pas pratique, surtout que le matin elle était toujours en retard mais elle craignait trop de croiser à nouveau le meurtrier de son immeuble.

93

Vu comme elle était souvent mal réveillée en sortant de chez elle, c'est son sac à main qu'elle avait *enfoncé* dans la poubelle hier ...

Heureusement elle s'en était *rendu compte* au bout de la rue et personne n'avait eu le temps de passer derrière elle. Elle récupéra son sac avec un chewing gum collé dans la *fermeture éclair* et de la mayonnaise étalée sur les *bandoulières*, une horreur.

Elle dû remonter chez elle, *transvaser* le contenu de son sac, repartir en mode urgence vers le métro.

*Fichtre*, sa *carte Navigo* était restée dans la pochette du sac taché ! Elle retourna chez elle en mode panique, prit sa carte et retraversa le quartier en courant.

enfoncer → to push into

s'en rendre compte → to realize

une fermeture éclair → zip / zipper

une bandoulière → strap

transvaser → to transfer

Fichtre ! → Damn !

une carte Navigo → Paris transportation pass

*Ebouriffée, débraillée*, transpirante, elle arriva très en retard au travail, la tête trop *en vrac* pour avoir eu le temps de réfléchir à une excuse qui tienne la route.

Sa collègue Marie s'exclama :

— Ohlala Camille, mais qu'est-ce qu'il t'est arrivé ?!

Camille, devant le regard *apitoyé* de Marie, sortit la première idée de sauvetage qui lui passa par la tête.

— Je me suis faite agresser dans le métro...

— Ho ma pauvre mais c'est affreux ! Tu t'es *fait piquer* ton argent ? demanda Marie, alors qu'un *attroupement* commençait à se créer autour d'elles.

*ébouriffé* → *dishevelled*

*débraillé* → *untidy*

*avoir la tête en vrac* → *to be fuzzy in one's head*

*apitoyé* → *pitying*

*piquer quelquechose à qq'un* → *to pinch sth off sb*

*un attroupement* → *gathering*

Là-dessus, Camille partit dans une série de détails sur son agression imaginaire, qui passionna ses collègues trop contents de passer du temps à autre chose que leur travail, et s'en sortit avec l'empathie de tout le service. Elle était très fière d'elle.

Le jeudi soir suivant, les coups sourds dans son immeuble reprirent de plus belle. Et des cris de femme, mais différents des précédents, moins aigus, plus longs.

« C'est affreux, il a trouvé une autre victime ! » se dit Camille, le cœur battant à tout rompre.

Elle rappela Florence.

— Il va la tuer celle-là aussi, c'est le même scénario j'en suis sûre. Je ne peux pas laisser faire ça ! lui dit Camille paniquée.

— N'y va pas seule, il est dangereux, appelle la police. Courage ma chérie. Tu me rappelles après hein ?, et Florence raccrocha.

Camille était seule face à son destin, sa mission, la vie d'une femme dépendait de son action, une vie à sauver, ça n'arrivait pas tous les jours de faire un acte héroïque.

Elle appela la police qui l'informa que deux agents allaient venir d'ici trente minutes. Trente minutes c'est long, surtout quand des coups et des cris retentissent et qu'une scène de crime se dessine !

Camille *se rongea les ongles*, crispée sur une chaise du salon, jusqu'à ce que les agents sonnent enfin à *l'interphone*.

Les deux hommes entrèrent chez elle et écoutèrent son récit; le *ramdam* du quatrième continuait à résonner.

Pendant qu'elle déversait son flot de paroles nerveusement pour décrire les bruits sourds, les cris, les sacs contenant le corps, le silence qui suivit pendant des semaines, puis de nouveau les cris d'une prochaine victime, elle réalisait que l'agent qui se tenait à sa droite était vraiment bel homme, l'uniforme ajoutant à sa *prestance* c'était indéniable. Le regard intense, la *carrure* rassurante, le sourire ravageur, *chauve*-sexy version Bruce Willis – et non chauve façon Jacques son collègue de bureau, parce que Jacques lui était une sorte de croisement entre un singe Uakari et Prof le nain de Blanche Neige.

se ronger les ongles    →   *to bite one's nails*
un interphone    →    *intercom*
un ramdam    →   *hullabaloo*
la prestance    →    *presence*
la carrure    →    *shoulder span*
chauve   →   *bald*
Prof (nain de Blanche-Neige) → *Doc (dwarf from Snow White)*

97

Mais pas le temps de flirter malheureusement, les agents lui demandèrent de suite de les accompagner jusqu'à l'appartement du criminel.

Arrivés sur le palier devant la porte, les agents appuyèrent plusieurs secondes sur la *sonnette*, Camille se colla derrière eux – enfin derrière le bel agent, il sentait bon l'after-shave, Camille prit une grande inspiration.

Elle songeait qu'il faudrait que ce soit son collègue qui emmène le voisin au poste de police, pendant ce temps elle ferait sa déposition auprès du *beau gosse*, chez elle, autour d'un café. Déposition qui se prolongerait en une longue soirée où ils parleraient de tout et de rien, et se trouveraient plein de points communs. Elle l'héroïne courageuse, lui le *justicier*, ils feraient l'admiration de tout le quartier. Ses copines seront *vertes de jalousie*.

Les cris cessèrent soudainement, plus un bruit. On entendit des pas qui se dirigeaient vers la porte, qui s'ouvrit.

| | | |
|---|---|---|
| un beau gosse | → | good-looking guy |
| une sonnette | → | doorbell |
| un justicier | → | righter of wrongs |
| vert de jalousie | → | green with envy |

98

Le voisin crispa son visage à la vue des deux hommes en uniforme et *obtempéra* quand ils lui demandèrent de les faire entrer dans l'appartement. La femme était dans le salon, *indemne*, heureusement.

— Monsieur, nous avons été informés du *vacarme* qui émane de votre appartement, pourriez-vous nous expliquer à quoi cela est dû ? commença un des agents.

Le voisin jeta un œil à Camille, son regard était froid, Camille eut des *frissons dans le dos* et se colla un peu plus derrière l'agent de police, elle sentait sa chaleur *rassurante*.

— Je suis vraiment désolé, je ne pensais pas *déranger* le voisinage, dit-il d'un air coupable, visiblement mal à l'aise. Bientôt il n'y aura plus de bruits, je vais prendre les choses en mains.

*obtempérer*  →  *to obey*
*indemne*  →  *unharmed*
*un vacarme*  →  *din*
*avoir des frissons dans le dos*  →  *to have shivers down one's spine*
*rassurant*  →  *comforting*
*déranger*  →  *to bother*

— C'est un peu le problème, continua l'agent, on aimerait aussi savoir pourquoi les bruits et les cris cessent puis reprennent. Madame, comment allez-vous, demanda-t'il à la femme qui se tenait en retrait.

— Je vais bien monsieur l'agent, dit-elle d'une voix faible.

Elle ne pouvait bien sûr pas parler devant son *bourreau*, la pauvre femme, elle devait être terrorisée par ce qui allait se passer si les agents partaient sans avoir pris de mesure contre le criminel.

Le voisin les regarda *interloqué*, et reprit son explication.

— C'est que je voulais acheter des *tapettes* déjà le mois dernier, mais il n'y en avait pas à la supérette. Il faut que je prenne le temps de passer au supermarché, dit l'homme en *bredouillant*.

| | | |
|---|---|---|
| *un bourreau* | → | *persecutor* |
| *interloqué* | → | *dumbstruck* |
| *une tapette* | → | *mousetrap* |
| *bredouiller* | → | *to mumble* |

— Pouvez-vous être plus clair s'il vous plaît Monsieur, reprit l'agent. Nous voudrions savoir l'origine des bruits de coups sur les murs monsieur, et madame vous nous expliquerez ce qui vous a poussé à crier.

— C'est les souris, dit rapidement la femme, d'une petite voix. Il y en a partout, j'ai horreur de ces *bestioles*.

— Elle exagère, corrigea le voisin, il n'y en a pas partout, mais il y en a bien encore deux qui logent dans le mur du salon. Elles doivent passer pas la trappe des canalisations dans la salle de bain, elle n'est pas jointive. J'ai réussi à en tuer une le mois dernier, mais elles sont vives, c'est vraiment *galère*. Je lui ai couru derrière pendant bien une heure, à essayer de *l'assommer* avec le manche de ma raquette de tennis. Je suis vraiment navré si les coups ont dérangé le voisinage monsieur l'agent, mais on ne pouvait quand même pas la laisser galoper chez nous.

*une bestiole* → *a critter*

*C'est galère !* → *What a pain !*

*assommer* → *to knock out*

— Huhum, marmonna l'agent. Et madame était là aussi le mois dernier lorsque vous avez fait votre première victime ?

— Non, ma sœur était venue passer deux jours. Elle a une *trouille bleue* des souris elle aussi. Si vous l'aviez vue monsieur l'agent, comme dans un dessin animé j'vous jure, elle est restée perchée sur une chaise du salon tout le temps où j'ai coursé la bestiole !

*avoir une trouille bleue* → *to be scared to death*

— Huhum, je vois.

« Mais ce n'est pas vrai, » pensa Camille, « il ne va pas s'en tirer comme ça ! »

— Et les sacs plastiques que vous avez chargés dans la voiture la nuit du vendredi 4, ça ne prend pas trois gros sacs poubelle à éliminer une petite souris ?! Hein ?, ne pût s'empêcher de dire Camille de façon agressive en sortant la tête de derrière l'agent de police.

— Le vendredi 4 ... quand ma sœur était là ?...

Camille était fière d'elle, elle l'avait coincé, il ne pourrait pas s'en tirer si facilement.

— La dame doit parler du tri du dressing, répondit la femme en se rapprochant d'eux.

— Ha oui, oh le bazar, on a un dressing rempli par les habits des enfants, il y en a de toutes les tailles. Quand ma femme était en déplacement professionnel, ma sœur est venue pour m'aider à faire un grand ménage là-dedans. Moi le tri *c'est pas mon truc*, continua le type avec un petit sourire. On a tout mis dans des sacs pour déposer tout ça au *Secours Populaire*, autant que ça serve, nous on n'aime pas jeter, on préfère donner.

Soudain Camille aperçut quelque chose bouger dans le coin du salon. La femme voyant Camille *scruter* le fond de la pièce, se retourna et se mit à hurler en un long cri strident.

Soudain une petite boule de poils se mit à traverser le salon ... une souris !

— Ha *saloperie*, la revoilà ! fit le voisin en *empoignant* sa raquette laissée derrière la porte.

C'est pas mon truc   →   It's not my thing

Secours Populaire   →   French charity organization

scruter   →   to examine

Saloperie!   →   damn/bloody sth

empoigner   →   to grasp

Il se mit à courser l'animal et frappa plusieurs fois le sol avec le manche de sa raquette, en manquant chaque fois sa *cible*. La femme poussa à nouveau un cri quand la souris passa devant elle. Les deux agents de police lui *prêtèrent main forte* en essayant de la *coincer* vers le fond de la pièce.

*une cible* → *target*
*prêter main forte à qq'un* → *to give active support to sb*
*coincer* → *to corner*

Pendant cette scène épique, Camille, *rouge comme une pivoine*, réalisait *l'ampleur* de sa *méprise*... Elle sentait le sol *se dérober* sous ses pieds, elle était littéralement *morte de honte*.

Elle recula discrètement vers la porte d'entrée, elle aurait aimé se cacher dans un trou de souris ...

*rouge comme une pivoine* → *red as a beetroot*
*l'ampleur* → *extent*
*une méprise* → *mistake*
*se dérober* → *to slip away*
*mort de honte* → *ashamed to death*

Bing ! Un dernier coup sourd et la bestiole était assommée, grâce à la collaboration des deux agents. Ils se congratulèrent tous les trois, et la femme remercia chaleureusement les policiers.

— Bon, vous *faites le plein* de tapettes à souris cette semaine hein, dit en rigolant le bel agent au voisin, on ne va pas chasser la p'tite bête tous les jours avec vous !

Et, en se tournant vers Camille qui avait atteint le bout du couloir du palier, il lui lança :

— Alors ma p'tite dame, vous voyez, il n'y a qu'un meurtrier de souris dans votre immeuble !

Camille *ne savait plus où se mettre.*

— Parce que la dame pensait que je pouvais être meurtrier d'autre chose ? demanda l'homme.

— C'est-à-dire, dit Camille en riant nerveusement, on n'est jamais trop prudent. Vaut mieux se *méprendre* que de faire face au pire, vous comprenez.


*faire le plein* → *to stock up*

*ne plus savoir où se mettre* → *to cringe*

*se méprendre* → *to be mistaken*

— Ben non, là je ne comprends pas madame, ne me dites pas que vous avez appelé les *flics* parce que vous pensiez que je *maltraitais* ma femme ? Ou pire ?

Les agents de police se chargèrent *d'apaiser* l'homme, et Camille *s'éclipsa* vers l'ascenseur.

les *flics*   →   *cops*

*maltraiter*   →   *to brutalise*

*s'éclipser*   →   *to slip away*

Une fois les agents sortis de l'appartement, ils échangèrent quelques mots avec Camille, avec un sourire *moqueur*.

Camille songea qu'il était malheureusement *déplacé* de proposer au séduisant policier de venir prendre un café chez elle, elle était trop ridicule.

Alors qu'elle était rentrée chez elle, son téléphone sonna. C'était Florence, qui devait vouloir prendre des nouvelles, elle en était restée au fait que Camille appelait la police.

*apaiser*   →   *to calm down*

*moqueur*   →   *mocking*

*déplacé*   →   *inappropriate*

Camille ne décrocha pas, il lui fallait du temps pour trouver une histoire à lui raconter, autre que la vérité bien sûr, une histoire dont elle se sortirait dignement.

« Quelle *truffe*, » se lamenta Camille, « ce n'est pas possible de se mettre dans des situations pareilles. Je ne vais plus oser aller prendre le courrier ou porter ma poubelle de peur de croiser le voisin ou sa femme ! Et puis ça va se savoir dans tout l'immeuble, tout le monde va se moquer de moi, je vais passer pour une vraie *cruche*. »

Camille réalisa que sa copine Nathalie qui habitait le troisième étage allait forcément être aussi au courant. Misère. Il fallait vraiment qu'elle *peaufine* une version de l'histoire qui soit à son avantage.

Pour le moment elle avait besoin de se remettre de ses émotions.

Elle *se vautra* dans le canapé avec un verre de rosé à la main, alluma la télévision.

| | | |
|---|---|---|
| *une truffe* | → | *twit / dope* |
| *une cruche* | → | *idiot* |
| *peaufiner* | → | *to refine* |
| *se vautrer* | → | *to sprawl* |

Il y avait une série policière, le *commissaire* ressemblait au bel agent de tout à l'heure. La femme chez qui il venait enquêter - une sublime blonde aux jambes longues - lui avait offert un whisky. Ils se mangeaient des yeux en parlant de tout et de rien.

Le commissaire posa sa main sur le genou de la femme et leurs visages se rapprochèrent.

Camille saisit la *zapette* et éteignit la télévision.

« Mais qu'elles sont idiotes ces séries télé, c'est vraiment *n'importe quoi*. » pensa Camille légèrement énervée, et elle alla se coucher.

*commissaire* → *police chie*
*une zapette* → *zapper / remote control*
*C'est n'importe quoi !* → *It's nonsense !*

Lightning Source UK Ltd.
Milton Keynes UK
UKOW06f2104070617

302925UK00009B/407/P